"Ce n'est pas le doute, c'est la certitude qui rend fou."

Friedrich Nietzsche

Les macarons

Lettre à Jack

« Jack, mon cher Amour !

Aujourd'hui 7 Avril, cela fait très exactement un mois que nous nous sommes rencontrés.

Alors : Bon Anniversaire, mon chéri !

Je te demande, dès que tu pourras, où que tu sois, de te servir ou de te faire servir un verre de vin blanc et de le boire à notre santé. Si possible, un Chardonnay à défaut d'un verre de Saint-Véran (mon vin blanc préféré).

Devrais-je dire : à notre amour? Ou bien encore : à notre avenir? ... à toi et à moi ? ... à "NOUS" ?

Je confesse que je vais trop vite. Tu le

penses peut-être aussi ? Mais n'aies pas peur. Ne te sauve pas.

Je suis une femme. Chez la femme, le cœur bat plus fort lorsque l'émotion est à son comble. Tu le sais sûrement déjà.

Et en matière d'émotion, en si peu de temps, tu as réussi à mettre le feu en moi.

Je devrais m'en réjouir, mais je dois avouer que je n'aime pas ça.

Je ne peux cependant pas résister à cette envie de me laisser courtiser par toi, même si je ne suis pas prête à te laisser prendre le contrôle de mon âme et de mon cœur.

J'ai la crainte que tu ne puisses pas être pour l'éternité devant ce foyer de braises brûlantes que tu as su allumer, sans grand effort *(je dois dire)*, pour ne jamais laisser s'éteindre ce feu qui est resté éteint toutes ces années, ce feu qui me réchauffe depuis que je te connais, qui fait tant de bien à mon cœur mille fois meurtri, définitivement endurci.

Tu peux te vanter d'avoir réussi à faire rebattre mon cœur qui est en berne depuis si longtemps.

Tu peux être fier de cette prouesse.

Tu peux te réjouir de me voir suspendue à cette attente de toi, ce qui m'oblige à penser à "Demain".

Pourtant, j'ai juré que plus jamais, je ne vivrai dans l'espérance d'un amour quel qu'il soit, d'où qu'il vienne.

Non seulement tu as su réveiller cette part de moi, vidée de tout espoir, cette partie de moi asséchée à tout jamais, et comble de surprise, tu m'as redonné la vitalité nécessaire, ce souffle vivifiant me permettant de former l'espoir de voir ma vie à nouveau sur les rails, prête à reconstituer les réserves de sentiments épuisées, déception après déception.

Alors, contre toute attente, tu désaltères mon espérance.

Et si mon impatience de t'avoir à mes côtés grandit jour après jour, c'est parce que je voudrais avoir la faiblesse de croire que tu es un homme différent.

Différent dans tout ton être. Différent dans ta façon de me regarder. Différent dans ce que tu dégages lorsque tu es proche de moi.

Comme toutes les femmes sur cette terre, j'ai recherché l'honnêteté absolue jusqu'au jour où je me suis rendu compte que l'honnêteté absolue est un mensonge absolu.

*« **L'honnêteté des manières sans l'honnêteté des mœurs, n'est que l'hypocrisie.** »* (1)

Tu comprends ?

J'ai été trop orgueilleuse pour réussir à me convaincre qu'un homme quel qu'il soit, puisse m'aimer à ma juste valeur car, *(toujours drapée dans mon orgueil)*, j'étais persuadée que pour m'aimer, il faudrait savoir qui je suis en réalité.

Il m'a semblé qu'à travers ce que ton regard m'a renvoyé ce jour là, tu as gagné le droit d'avoir la prétention d'être capable de deviner sans hésitation qui je suis effectivement.

Ceci est extrêmement rare.

Cela a provoqué en moi, un certain inconfort de te voir ainsi pénétrer mon âme sans que je puisse faire quoi que ce soit pour t'en empêcher.

Suis-je si transparente ?

Comment savoir si tout ceci est vrai et que, une fois encore, je ne suis pas en train de prendre la mauvaise décision?

Mon cœur me recommande de foncer vers toi, probablement sur la base de mon intuition. Oui, je te vois sourire. Tu penses à coup sûr à la légendaire intuition dite "féminine".

Tu as peut-être raison.

Mais ne pas suivre mon intuition, signifie pour moi, ne pas écouter la petite voix intérieure qui m'empêche d'aller dans la mauvaise direction, même si, dans ma tête, cette même petite voix me dit qu'il va m'arriver une chose fabuleuse.

Ne pas être réceptive à mon attirance vers toi serait, pour moi, aller dans la mauvaise direction.

Tout se tient et c'est profondément et sincèrement ce que je ressens en ce moment.

L'avenir me dira si j'ai eu raison ou non de me laisser transporter par cet élan qui me pousse irrésistiblement dans tes bras.

Sache que, c'est un formidable cadeau que Dieu *(appelle-le comme tu veux)* a fait à nous les êtres humains de savoir oublier nos peines et d'apprendre à espérer de nouveau.

En effet, à moins d'être particulièrement vindicatif ou durablement marqué par une peine semblable à une blessure profonde, notre nature humaine finit toujours par « *digérer* » ce qui nous a fait tant souffrir. Et c'est heureux ainsi !

Au fait, tu crois en Dieu ?

Moi, oui.

Il s'agit d'une croyance sans rituel. Une croyance ni rationnelle, ni irrationnelle qui sublime ou condamne mes actes selon *(le tout dépend dans quel axe je me trouve)*. La chair est faible, dit-on.

Je crois en cette force qui m'apaise.

Tous les matins, je me lève païenne et j'essaie de devenir une bonne « catholique » tout au long de la journée.

En clair, je suis une catholique non pratiquante.

Je crois en cette force qui m'habite, qui me réconforte, et pour laquelle j'essaie de vivre en adéquation avec les Lois divines, telles que les HOMMES les ont définies.

Finalement, faut-il croire à l'existence de ce Dieu qui, au nom du principe « sacré » du libre-arbitre, permet tant et tant d'atrocités ?

De temps en temps, je débranche mon cerveau pour ne plus penser à tout ceci.

Et toi ? De quelle religion es-tu?

Cela fait un mois déjà ! Un mois pendant lequel, mon réveil le matin, est synonyme d'espoir de recevoir un message de toi.

Alors, mes habitudes ont changé : je me précipite sur mon ordinateur, et mes doigts, malhabiles et fébriles, cherchent désespérément ton message ou tes messages : parfois, tu es si généreux !

Je me souviens avoir reçu un message par heure pendant toute la journée, il n'y a pas si longtemps.

Certains d'entre eux, me disant tout simplement : " Julie, Je pense à toi".

Tu ne peux pas savoir l'effet que ces mots ont produit dans mon cœur.

Parfois, pas un seul message de toi.

Cruelle déception qui rend mes journées tristes.

Parfois, ma patience est récompensée en fin de soirée avant de m'endormir :

"Bonne nuit Julie".

Jack, c'est un privilège pour moi de te consacrer cet instant où je me sens en communion avec toi.

Je ne sais pas où tu es. Je ne sais pas ce que tu es en train de faire. Je ne sais pas avec qui tu es. Je ne sais pas si je suis toujours le centre de tes préoccupations. Peu importe.

Ce que je sais par contre, c'est ce formidable sentiment que tu m'inspires et qui me pousse à t'ouvrir mon cœur.

J'ai envie de croire en nous, non pas comme deux futurs amants, mais en tant que deux êtres assoiffés d'amour.

Que veut dire ce mot au fait ? Le sais-tu?

Quand je pense à toi, quand je pense à nous, je pense en réalité à ce que la vie nous a enseigné à toi et à moi, chacun de notre côté.

Je pense à la dureté de la vie ou bien

encore à la tendresse dont nous avons largement bénéficié, au cours de notre existence jusqu'à ce fameux 7 mars devant la pâtisserie.

Je pense à nos joies , à nos peines. Je pense à tout cela à la fois.

Au passage, permets-moi de sourire face à l'ironie de la vie qui nous a incités, toi et moi, à nous rendre au même moment devant cette pâtisserie au cœur de Paris, unis par notre passion commune pour le macaron.

Pourtant, l'été approchant, il n'est plus question pour moi, depuis quelques semaines, de me laisser tenter par aucune sorte de pâtisserie, ayant cette fâcheuse tendance à stocker les macarons là où il ne faut pas .

Mais il fallait que notre rencontre se fasse, que la destinée devienne inéluctable, même si certains disent que, nulle fatalité, nulle destinée ne pèse sur nos têtes et sur nos épaules.

Pour ma part, j'affirme qu'il est des rencontres qui portent le caractère ou le sceau d'une inévitable fatalité.

Quand je nous décrivais comme deux êtres assoiffés d'amour, cela veut dire que je ne nous considère pas comme deux êtres contemplatifs auréolés de sagesse.

Je ne nous vois pas non plus comme deux êtres prisonniers du désir de l'autre.

Je nous vois comme deux êtres honnêtes, actifs, à la recherche ce que nous n'avons jamais eu, résolus à tout mettre en œuvre pour combler ce manque et sortir de l'embarras dans lequel nous sommes, de nous sentir si seuls sur cette terre.

Deux êtres qui formeront un tout ou ne seront rien l'un sans l'autre.

Depuis ce jour où nos chemins se sont croisés, je me suis interrogée sur le sens de tout ceci.

Le confort de mon esprit s'est peu à peu métamorphosé en une sorte d'ébullition permanente. Je me sens comme un chaudron ambulant.

Dans mes rêves les plus fous, je ne pouvais m'imaginer être dans une pareille tourmente à mon âge.

J'ai fouillé le fond de ma mémoire et je n'ai rien trouvé de tel qui puisse me rappeler le temps où j'ai pu ressentir un pareil tourment, même si les impressions intensément ressenties ne disparaissent jamais de la mémoire.

Paradoxalement, l'état d'esprit qui est le mien en ce moment est proche de la révolte si je ne prends pas garde à reconsidérer les événements récemment intervenus dans ma vie.

Ce n'est pas une révolte dirigée contre toi. Tu peux être rassuré.

Ce n'est pas toi qui es en cause. Je ne peux pas te battre avec un bâton qui ne t'est pas destiné et je pense que je suis encore capable de discernement pour faire la distinction entre un aventurier et un gentleman.

Mon esprit sait discerner entre les sentiments que mon âme m'insuffle.

En ce qui te concerne, je peux comparer ce que je ressens, *(aussi étrange que cela puisse paraître)*, à une sorte de rempart contre cet envahissement de mon être qui m'oblige à baisser ma garde bien malgré moi.

Un peu comme le corps humain qui lutte pour ne pas rejeter un greffon. *(Pardonne-moi mon chéri car, la comparaison n'est pas très appropriée)*.

Au début de ma lettre, j'ai essayé d'expliquer pourquoi je n'aime pas la situation dans laquelle je me trouve depuis que je te connais.

La plupart des femmes de mon âge auraient été flattées de se voir courtiser avec autant de délicatesse que celle que tu déploies à mon endroit.

Petit rappel (si tu le permets) : en l'absence de délicatesse, le désir perd ses enchantements les plus prometteurs.

Ça, tu le sais également.

Tu es une personne délicieuse Jack. Merci de me traiter comme tu le fais .

Je ne sais pas où tu vis. Moi, je vis dans une maison . Et toi ?

Si tu décides un jour de venir chez moi, tu seras bien accueilli.

Tout d'abord, en pénétrant dans ma maison, mes deux chats viendront à ta rencontre.

Oui, j'ai des chats .

Selon un vieil adage, une maison sans chat est une maison vide.

L'un est tout blanc, l'autre est tout noir.

Ne ris pas. Ce n'est pas un clin d'œil au Yin et au Yang. *(Quoi que, blottis l'un contre l'autre pendant la sieste, l'illusion est parfaite)* .

Cela s'est présenté comme ça. Le chat noir était celui de mon amie Charlotte terrassée par la maladie il y a à peine un an.

Ensuite, si mes deux chats te laissent passer, *(ce qui prouvera que tu as passé l'examen d'entrée avec succès)* je pourrai te faire visiter ma maison.

Tu verras, c'est une maison toute simple dont j'ai hérité de mes parents. Tout est d'époque. Même les fantômes.

Mon père disait en paraphrasant Cicéron : "le maître doit faire honneur à sa maison, et non, la maison au maître."

Alors, depuis le jour où il m'a été permis de diriger cette maison, j'ai tout mis en œuvre pour perpétuer cette tradition.

Je veux dire que j'essaie de me comporter dans ma maison aussi dignement qu'il est possible de l'être, en respectant la mémoire des personnes qui y ont vécu, en procurant de l'estime à cette maison qui m'a été léguée par mes parents et à laquelle je suis très attachée.

Cela ne veut pas dire qu'il faille avoir un profil spécial pour mériter de vivre dans ma maison.

Tu sais Jack, je ne suis pas une personne parfaite.

Autant je fais honneur à cette maison dans laquelle j'habite depuis mon enfance en tentant de ne pas oublier les recommandations de mes parents, autant, j'essaie également de faire amende honorable en ce qui concerne mes défauts que je n'ai pas réussis à corriger et qui font à présent partie de ma personnalité.

Bien souvent, je m'abandonne à mes défauts.

Pour me résumer :

" *Il est une modestie artificieuse qui semble demander grâce pour tous les défauts qui l'accompagnent.* " (2).

Si tu as compris ce que je viens d'exprimer, alors je suis la femme la plus heureuse du monde.

D'autre part, sache que j'ai les yeux moins perçants en ce qui concerne les défauts chez les autres. Alors tes défauts sont les bienvenus.

Je t'abandonne un court instant : je vais me faire du thé.

Bien, me voilà de retour.

Où en étais-je ?

Ah oui, je te faisais visiter ma maison.

Donc, le barrage des chats étant franchi, tu arriveras dans le vestibule.

La banquette sur la droite servait à faire patienter les visiteurs de mon grand-père.

Mon grand-père était un écrivain public.

Sais-tu ce qu'est un écrivain public ?

En fait, et pour faire simple, c'est la personne qui connaît le plus de secrets après le curé de la paroisse.

Je me suis toujours demandé quelle part de mon grand-père est contenue dans ces milliers de lettres qu'il a pu écrire pour ces gens tout au long de sa vie?

Comment ne pas endosser les sentiments de solitude de ces gens vulnérables et perdus dans les méandres des lois et des réglementations ?

Sur un tout autre registre, une simple déclaration d'amour est à la fois l'acte le plus simple et le plus compliqué. Elle peut cependant paraître insurmontable pour certains.

Alors je mesure la dose de courage dont il fallait s'armer pour venir sonner à la porte de mon grand-père, le haut niveau de neutralité et de discrétion de ce dernier pour rassurer toutes ces personnes qui venaient lui confier leurs secrets les plus intimes.

Même si ces gens n'étaient pas forcément des analphabètes, ils avaient besoin de cette distanciation pour exprimer objectivement leurs états d'âme.

Le rôle social de l'écrivain public est indéniable.

Je ne saurais dire la même chose en ce qui concerne cette époque dans laquelle plus rien n'a de sens, époque dans laquelle, la vie de chacun est étalée au grand jour face au monde entier.

Mon père m'a souvent raconté le degré d'implication de mon grand-père dans son travail d'écrivain public qui allait bien au-delà de ses interventions scripturales, au point parfois de ressentir la nécessité d'accompagner physiquement ces personnes auprès des administrations pour plaider leurs causes.

Cela te situe le personnage.

Peut-être, certainement que ce haut degré d'implication est profondément inscrit dans nos gènes : une forme d'atavisme dont j'ai hérité, puisque je suis avocate.

Oui, je me souviens, je te l'ai dit et je me souviens également de ta profession : professeur de lettres classiques ? C'est bien ça ? Tu vois, j'ai une excellente mémoire.

Tu sais, nos métiers ne sont pas si différents. Tous les deux nécessitent la précision dans la terminologie et la rigueur dans le choix des mots.

J'ai remarqué chez toi cette façon que tu as de poser les mots et ta faculté d'écouter. C'est extrêmement agréable d'être face à quelqu'un qui sait écouter.

Tu sais, on ne peut entendre si on ne sait pas écouter.

J'ai eu l'impression d'avoir été entendue

lors de notre bref échange devant la pâtisserie. Tu te souviens ?

Nos yeux reflétaient la même expression de gourmandise face à ces délicieux macarons exposés derrière la vitrine. C'était inattendu et rare de ressentir cette même envie chez une autre personne.

Toi le prof, tu devrais te souvenir de cette phrase de Maupassant : " .... De toutes les passions, la seule vraiment respectable, me paraît être la gourmandise".

100% d'accord avec lui ! Pas toi ?

Quand tu penses, que chez nous les catholiques, la gourmandise figure parmi les péchés capitaux.

Oui je sais que ce n'est pas tant la gourmandise au sens littéral qui est pointée du doigt, mais la démesure.

Alors, qu'attendons nous, nous les gourmands, pour édicter une règle qui stipulerait :

"Où finit la gourmandise, commence la démesure. "

Ainsi, nous serons sauvés devant les hommes et devant Dieu. Pas d'accord ?

Que celui ou celle qui est capable de définir les limites de la gourmandise par rapport à la démesure nous jette la première pierre.

Au nom de ma passion pour les macarons, je suis prête à me transformer en Dolorès IBARRURI même si je n'ai pas une goutte de sang espagnol dans les veines . *(Je t'imagine en train de sourire)*. Oui, je peux me transformer en une véritable furie par amour pour les macarons.

Sur le mur au-dessus de la banquette, la photo qui est accrochée, est celle de mon grand-père. Tu verras ce visage qui était une terreur à son époque. Alors, la minute de silence s'impose.

La pièce d'à côté est celle qui était à l'époque le lieu de vie de la maison. Aujourd'hui, on dirait : le Living .

Au-dessus de la cheminée, tu verras un vieux fusil de chasse.

Mon grand-père pratiquait la chasse. J'ai été initiée à cet art, mais je participe très rarement aux journées de chasse. Non pas à cause des campagnes contre la chasse, mais tout simplement, parce que le temps me manque, et je ne peux pas me permettre le luxe de consacrer une pleine journée pour pratiquer cet art qui, j'en suis sûre et certaine, te plaira beaucoup. Tu verras !

Jack, quelles sont tes passions à part les macarons ?

Qu'est ce qui ébranle ton âme au point de t'opposer à ta propre raison?

Durant le court instant pendant lequel nous avons parlé toi et moi, j'ai cru deviner en toi une certaine rectitude dans ta façon d'appréhender les choses.

Ce qui m'amène à te poser une autre question : as-tu déjà ressenti une émotion si violente au point de te retrouver sans volonté et sans défense ?

En ce qui me concerne, la réponse est oui.

Et c'est une sensation étrange d'autant plus que les vraies passions donnent des forces en donnant du courage.

Je crois que c'est Voltaire qui l'a dit.

Dans tous les cas, il en faut de la force pour résister à cet ébranlement provoqué par la passion.

Je suis impatiente de t'entendre sur tous ces points. J'adore discuter. Il n' y a rien de plus enrichissant que de passer du temps à échanger sur toutes sortes de sujets.

Je ne sais pas si tu es comme moi : il n'y a pas de moment propice à la discussion.

Que ce soit dans des lieux insolites ou après avoir fait l'amour, chaque instant apporte sa fraîcheur intellectuelle pour aborder une discussion selon un éclairage particulier, différent à chaque fois.

Et c'est cela qui permet d'enrichir l'intellect, de mon humble point de vue.

Dans ma maison, il y a plusieurs chambres à coucher.

La mienne est à l'étage. Si tu le souhaites, je te la ferai visiter. Mais promets-moi de ne jamais me poser la moindre question à propos de la photo qui est posée sur ma commode.

Une des chambres au rez-de-chaussée est condamnée depuis des années. Depuis le temps de mes grands-parents .

D'après ma mère *(qui a été la pièce rapportée dans la famille)*, c'était la chambre du frère de mon père, mort de façon mystérieuse. Je n'en sais pas plus.

Je ne peux pas pénétrer dans cette chambre. D'ailleurs, je ne sais pas où est la clé.

Oui, les serruriers existent!!! Bien sûr, mais, comment aller contre la volonté de mon grand-père qui avait lui-même condamné cette chambre?

Ce n'est pas l'envie de pénétrer ce mystère qui m'a manqué tout au long de ma vie.

Oh non !

Combien de fois j'ai saisi le combiné de mon téléphone pour appeler un serrurier ?

Une bonne centaine de fois, je peux te l'assurer.

Tu comprends à présent pourquoi j'avais utilisé l'expression :

"Fantômes d'époque" ?

Curieusement, je ne ressens aucune appréhension à vivre toute seule dans ma maison, même si, parfois, je ne suis pas seule.

Je ressens une présence bienveillante à mes côtés.

Très souvent s'installe, entre cette présence et moi, un dialogue silencieux lorsque je réfléchis sur l'élaboration d'une plaidoirie par exemple. Je me sens guidée.

Tu penses sûrement à feu mon grand-père, l'écrivain public.

Je souris à l'idée que l'on puisse penser qu'il fût possible de vivre une telle expérience.

Quoi que : le souvenir, n'est-ce pas en quelque sorte, la présence invisible ?

Du moins, c'est ce que pense Monsieur Hugo.

Récemment, dans le grenier, en recherchant un dossier, je suis tombée sur une pile de documents appartenant à la famille.

Parmi ces dossiers, il y en a un qui porte la mention "Théophile".

Ce n'est ni le prénom de mon grand-père ni celui de mon père.

Ce Théophile ne peut être que mon oncle.

Mais pressée par le temps, je n'ai pas pu ouvrir ce dossier et examiner son contenu.

En repensant à tout ça, je crois que le moment est peut-être venu d'en savoir un peu plus sur ma famille.

A suivre.

Il est tard Jack.

Je vais prendre une douche bien chaude et me coucher.

Je t'emporte dans mes rêves, si tu veux bien.

Avant de poser mon stylo, dis-moi, quels sont tes « rituels » avant de te coucher ?

J'ai cru comprendre que tu manges deux ou trois macarons avant d'aller au lit.

Je vois que tu es encore plus atteint que moi. (sourire).

Mais au fond, tu as raison : le sommeil étant l'antichambre de la mort *(à ce qu'il paraît)*, au cas où, tu partiras en apportant le goût délicieux des macarons dans la bouche.

Mais attention : es-tu sûr de trouver une pâtisserie là-bas ? (sourire)

Plus sérieusement, crois-tu à la vie après la mort ?

Je ne crois pas à la vie après la mort.

S'il est exact que *(et sans me faire passer pour une érudite)*, la vie porte en son sein l'idée de la mort (tout le monde doit mourir un jour), l'inverse n'est pas vrai, du moins, personne n'a encore réussi à renvoyer une carte postale disant :

«Chers parents, chers amis, je suis bien arrivé (e). Il fait beau, tout va bien ! A bientôt »

André Malraux l'a fort justement compris et explicité en ces termes :

« La vie transforme la mort en destin »

Basiquement, je me suis familiarisée avec l'idée de la mort qui, pour moi, est avant tout la privation de toute sensation. Et dans la mesure où je n'ai plus aucune sensation, donc, je n'existe plus. La vie n'est plus en moi lorsque je suis dans cet état de mort. Qu'advient-il de mon âme ou de mon énergie vitale qui me maintient en vie jusqu'à ce moment fatidique, je n'en sais rien, et entre nous, qu'est ce que cela peut me faire de savoir ce qui se passe après puisque je n'existe plus ?

Le curé de ma paroisse ferait un grand bond en lisant ce que je viens d'écrire. Mais qu'importe !

Je suis curieuse de savoir ce que tu en penses.

Mon rituel avant de dormir est tout à fait différent : je fais une demi-heure de yoga. Je me détends. Je vide ma tête. Je suis sereine avant d'aller au lit.

Bonne nuit mon amour.

Bonjour mon amour.

Il est 6h30. Je viens d'ouvrir les yeux. J'entends les oiseaux chanter dans le jardin.

Le ciel est un peu nuageux, l'air est frais. Un peu frisquet dans ma chambre ce matin.

J'ai bien dormi mon amour. Et toi ?

A quelle heure tu te lèves le matin quand tu as le loisir de dormir ?

Es-tu du matin ou du soir ?

Je me fais une tasse de thé et je reprends le cours de ma lettre.

Je reviens un instant sur ma chambre.

Dis-moi comment tu l'imagines.

Peut-être vas-tu tenir compte de mon style vestimentaire pour imaginer le style de ma chambre ?

De la dentelle partout ? La couleur rose pâle ? Des fleurs séchées dans un pot ancien ? Des objets et des meubles anciens chinés chez les antiquaires ? Un lit à baldaquin ?

Généralement, on dit que le style d'une personne se conjugue avec tous les compartiments de sa vie.

Peut-être !

Mais, je ne suis pas certaine que tu puisses décrire ma chambre si je ne te parle pas un peu plus de moi.

Alors, avant toute chose, laisse-moi te dire un secret que jamais je ne révèle à personne, si cette personne n'est absolument pas importante pour moi.

Durant mon enfance, j'avais un lit d'adulte. Tu sais, ces lits cossus faits de bois précieux avec des sculptures, garnis d'un matelas à l'ancienne, épais et immense.

Vu de la hauteur d'un enfant, c'est une montagne à gravir au moment de se mettre au lit.

Fréquemment, je me retrouve au bas du lit, parce que mes nuits étaient terriblement agitées, au point de me propulser en dehors de mon lit.

Je ne peux pas compter le nombre de fois où ma mère m'a retrouvée, au petit matin, endormie par terre sur ma couverture.

A cause de ce traumatisme, dans ma chambre, il n'y a pas de lit. J'ai juste un matelas posé sur le sol sur un tapis persan.

Cette fois-ci, je suis certaine que tu es sur le point de prendre la poudre d'escampette. Non ? (je souris)

Oui, je sais que ta délicatesse à mon égard t'interdit de rire à la suite de cette confession. Je t'en remercie.

Jack, c'est terrifiant la confiance que tu m'inspires au point de m'ouvrir à toi à ce point.

Même si toute figure exemplaire est nourricière de confiance *(selon un ancien ministre de la République)*, je ne comprends toujours pas comment, après un mois seulement, je puisse te considérer comme une personne à qui je peux faire confiance, à qui je peux confier ma vie.

Moi qui suis si méfiante d'ordinaire, comment cela peut-il se faire?

Soudain, je me sens un peu ridicule avec ma révélation. Je me sens ridicule de me présenter à toi avec cette image de l'avocate névrosée qui a peur de dormir dans un lit.

Que vas-tu penser de moi maintenant ?

J'ai peur.

J'ai l'impression de m' être tirée une balle dans le pied après avoir écrit tout ceci.

Je me pose la question de savoir si finalement je t'enverrai cette lettre.

Rien n'est sûr, on verra.

Après tout, qui peut se vanter de ne pas avoir à vivre sa vie d'adulte avec les séquelles des traumatismes de son enfance, quels qu'ils soient ?

Chez moi, mon traumatisme, c'est la peur du lit.

Étrange n'est ce pas ?

Qui est parfait?

En voyage, *(alors que la plupart des gens teste la propreté des draps ou le confort du matelas)*, moi, je cherche automatiquement et systématiquement le meilleur emplacement dans la chambre pour poser le matelas à terre.

Si la chambre n'est pas suffisamment spacieuse pour dédoubler le lit, alors, je me contente de dormir sur la couverture par terre.

Voila mon secret. Mon lourd secret.

Alors tu comprends aisément que pour les raisons que je viens d'évoquer, je ne dors jamais chez mes amis. Je ne dormirai pas davantage chez toi. Je ne voudrai pour rien au monde que tu changes tes habitudes pour moi. Je ne te le demanderai jamais. Et même si tu me le proposes, je ne l'accepterai pas. Alors te voila condamné à dormir chez moi. Tu verras, c'est excellent pour le dos. (Là, j'éclate de rire franchement).

Pour compenser tes mauvaises nuits en perspective sur mon matelas posé à même le sol, tu pourras te consoler en gouttant à ma cuisine.

Je suis une excellente cuisinière. Pour moi, la gourmandise va de pair avec la bonne chair.

Rien ne vaut plus que de savoir se faire plaisir en mangeant bien.

Moi, je mange un peu de tout.
Et toi ? Quel est ton régime alimentaire,
mis à part les macarons?

Il ne me reste plus qu'à te parler de mon
jardin et j'en aurai fini avec la
présentation de ma maison.

Ma grand-mère avait la passion des
roses. Elle avait planté des dizaines de
rosiers donnant des roses de toutes les
couleurs, qui exhalent des parfums
incroyables. C'est un vrai enchantement
au moment de la floraison .

Au fait, as-tu déjà mangé de la confiture
de pétales de roses ? Un vrai délice ! Je
ne peux pas compter le nombre fois que
j'ai trempé mon doigt "innocent" dans
un pot de confiture de rose. Même à
mon âge. Même si mon doigt a perdu
son innocence depuis bien longtemps !

Tu sais, les roses ont toujours eu une

place à part en botanique.

Communément, on dit que les plantes crèvent, mais en ce qui concerne les roses, elles meurent.

Va savoir l'origine et l'explication de cette distinction dans la manière de considérer les roses par rapport aux autres plantes.

Un autre secret : ma mère a été incinérée à sa mort. Ses cendres ont été dispersées dans la roseraie, et depuis, les roses n'ont jamais été aussi belles. Je ne les cueille jamais, et ce n'est pas la peine que tu m'offres un bouquet de fleurs pour notre anniversaire de rencontre.

Je pourrai te paraître incohérente ou bien un tout petit peu bizarre : je pratique la chasse mais je ne supporte pas que l'on cueille les fleurs.

C'est quelque chose que je ne peux expliquer.

Peut-être si j'osais, je pourrais opposer l'innocence et la fragilité des fleurs à la capacité d'un animal à se défendre face à la mort . Ceci est un autre débat.

Jack, qu'attends-tu de la vie ?

Tes attentes, sont-elles des certitudes ou des espérances trompeuses ?

Préfères-tu la privation, bien plus supportable qu'une attente qui tarde à se terminer ?

Es-tu du genre impatient ?

Moi, je suis l'impatience personnifiée, un peu plus encore depuis que je te connais.

« Le cœur devient impatient quand l'espoir commence à être fondé » (3)

C'est tellement vrai !

J'ai cru comprendre que tu es une personne disponible. As-tu déjà été marié ?

Moi j'ai été mariée trois fois.

La première fois, un regard a suffi pour que je me précipite dans les bras de cette personne de plus de vingt ans mon aîné, chez qui j'effectuais mon stage d'avocate. C'était un esprit brillant, respecté de tous.

Mariage d'amour ? Mariage de raison ?

Avec le recul je ne saurais dire ce qu'il en était réellement.

Je me sentais heureuse avec lui. J'étais

auprès de la "bonne personne" pour me mettre le pied à l'étrier.

Se faire un nom dans la profession d'avocat, relève du parcours du combattant. Les opportunités sont rares. J'ai eu de la chance d'être avec un ténor du barreau.

De plus, je portais son nom. C'était plus facile pour moi de me faire un prénom, même si je mérite de porter l'étiquette d'opportuniste.

Il a été le meilleur "professeur" que je n'ai jamais eu, mis à part mes parents bien évidemment.

Alors que pour moi, la vie était une attente perpétuelle, il m'a enseigné l'art et la manière d'appréhender l'attente de l'autre, et d'en faire un formidable atout.

« Nous sommes façonnés par ce que

nous aimons. » (6)

disait-il.

Il faut à tout prix éviter de s'éloigner de soi-même et se mettre ainsi dans la peau d'une personne installée dans l'attente de l'autre.

Son secret : ne rien attendre de personne.

Avec lui, l'amour n'a jamais été ni une attente, ni un regret, puisque le regret nous démontre que nous ne sommes pas dans la bonne configuration amoureuse.

Il m'a appris à me regarder en tant que femme, à aimer être une femme, à me sentir belle.

Je lui dois beaucoup dans la découverte de ma féminité.

C'était un sujet tabou à la maison. Ma mère était une fervente catholique et ces « choses », comme elle disait, n'étaient pas de mon âge.

Expression communément employée pour botter en touche. C'est bien dommage de plonger dans le grand bain de la vie sans aucune préparation.

Heureusement, mes connaissances livresques *(glanées ici ou là)* m'ont permise de ne pas me couvrir de honte lorsqu'il a fallu répondre « présente » à l'appel des sens le soir de mes noces. Ce n'était pas le top, mais, un vernis suffisant pour me sentir à la hauteur face à un homme d'expérience, grand à la ville et immense à la maison.

« *C'est en forgeant qu'on devient forgeron* »,

disait Aristote.

Mais l'acquisition de cette expérience ne m'a pas fait renoncer à une certaine prudence, prudence dans ma façon de restituer ce « savoir » par peur de la vision que pouvait avoir cet homme qui avait compris que j'étais une oie blanche et non pas celle que je m'employais à lui montrer.

Grâce à lui, je sais lire le désir dans les yeux d'un homme.

Grâce à lui, je sais que le désir de l'autre ne se résume pas à un corps à corps brutal dans le secret de la chambre à coucher comme une fin en soi.

Un regard, un sourire, un effleurement, une attitude : c'est le prélude à ce qui doit-être les conditions primordiales pour faire naître l'envie de l'autre.

Je ne savais pas tout cela. Oui, je confirme, j'étais une oie blanche.

Avant lui, je ne savais pas plaire. Je ne voulais pas plaire. Je ne ressentais pas la nécessité de plaire. Je ne savais pas ce que cela signifie de plaire.

Il a été avant tout mon ami. Je pense avoir été également son amie. Son respect pour moi était total. A travers ce respect maintes et maintes fois exprimé et manifesté, s'était installé un jeu subtil de séduction dans lequel nous étions restés nous-mêmes, sans chercher à nous travestir, sans chercher à nous mentir.

Ce jeu de séduction s'est peu à peu transformé en un désir amoureux. Et de fil en aiguille, la « chose » est devenue une réalité.

Il m'a appris à faire l'amour comme on apprend à déchiffrer les notes d'une partition complexe sur un piano désaccordé.

De dissonance en fausses notes, chaque difficulté rencontrée a fait l'objet d'un encouragement constant de sa part pour m'éviter de sombrer dans un profond découragement.

L'harmonie s'est peu à peu installée, et la mélodie est devenue belle.

Je n'attendais rien de lui, mais j'ai été comblée au-delà de mes espérances.

La mort l'a emporté cinq ans et huit mois après notre mariage célébré en grande pompe dans son fief à Bordeaux .

Mon second mari, plus jeune que moi de cinq ans, est parti avec ma meilleure amie de l'époque.

Pianiste concertiste, je l'ai remarqué au

cours d'un concert privé lors d'une soirée de gala de charité.

Ce fut le coup de foudre.

Il aimait mes yeux, j'aimais ses mains fines et raffinées. Il aimait faire l'amour dans des endroits insolites, j'aimais me réfugier au fond des salles de répétitions pour l'écouter jouer.

Pour moi, ce sont les rares moments où il peut être lui-même.

Il aime le vin rouge. Je préfère le vin blanc. Il aime dévorer le matin, une tasse de thé fait mon bonheur. Il a la trouille en avion, je suis étonnement calme à 11.000 pieds.

Je n'ai pas vu venir le coup.

Peut-être une panne momentanée de mon intuition féminine, ou tout simplement, un aveuglement dû à mon amour fou pour mon mari et une confiance aveugle en mon amie.

Va savoir.

Durant les derniers moments de notre trépidante vie de couple, la fréquence de nos ébats sexuels a été inversement proportionnelle à l'augmentation de ses tournées professionnelles à l'extérieur du pays (contrats qu'il refusait systématiquement une fois sur deux à cause de sa peur en avion).

D'un autre côté, en réfléchissant, je dois admettre que les congés de mon amie coïncidaient étrangement avec les absences de mon mari.

Maintenant que j'y pense, je crois que j'ai été une vraie conne. C'est certainement ce qu'ils ont dû se dire tous les deux à mes dépens pendant tout ce temps.

Curieusement, ma douleur n'a pas été à la hauteur de la trahison.

En analysant ce qui n'a pas fonctionné entre nous, une chose a frappé mon esprit : l'extrême gentillesse de l'un et de l'autre à mon égard. Signe évident du début de la trahison. Je n'ai rien vu venir.

Assurément, les louanges portent malheur, et en compensation, les reproches porteraient bonheur.

C'est ce que j'ai fini par croire.

C'est le monde à l'envers.

Le paradoxe, c'est d'arriver à ne plus avoir foi en rien.

Dans quel monde on vit !

Un proverbe arabe dit en substance :

«C'est de la confiance que naît la trahison».

Pas tout à fait d'accord, mais je pense que la confiance peut y contribuer dans une large mesure : elle provoque l'aveuglement qui empêche de voir l'évidence. Ce qui saute aux yeux devient invisible lorsque la confiance est totale.

Finalement, je me suis consolée en me disant que la trahison n'est pas une attitude accessible aux âmes nobles. C'est une bassesse qui va comme un gant aux fourbes et aux hypocrites.

A méditer ! Tu me feras part de ton point de vue, si tu veux bien Jack.

As-tu déjà trempé tes lèvres dans l'amertume de la trahison ?

Après une dizaine d'années de pause affective et une semi-retraite sexuelle, mon troisième « mari » est rentré dans ma vie de la façon la plus surprenante qui soit.

Imagine la fin d'un procès dans une salle d'audience.

Le président procède à l'énoncé d'un verdict d'acquittement.

L'accusé acquitté, se précipite dans les bras de son avocat.

Scène banale . Scène classique vuc un milliard de fois au cinéma.

Ce qui a suivi n'est ni banal, ni classique.

L'intensité de cette embrassade a été telle que, durant un laps de temps très court, ce qui devait être une banale et classique accolade de remerciement, de célébration, s'est transformé en une étreinte physique dissimulée par la robe d'avocat.

Personne ne peut imaginer ce qui s'est déroulé à cet instant précis, dans ce lieu très solennel qu'est le tribunal, entre ces deux personnes soudainement liées par une même envie de tendresse et mues par une attraction mutuelle devenue incontrôlable.

Un corps à corps inattendu, tendre et violent à la fois.

Éveil des sens.

Souffle coupé.

Étreinte puissante.

Mains caressantes et baladeuses.

Frissons généralisés.

Incroyable audace dans ce lieu mythique.

Dans le rôle de l'avocat, c'était moi et dans celui de la personne acquittée : la femme qui a partagé ma vie pendant près de trois ans et que j'ai aimée comme mon « mari » avec une grande passion et une énorme tendresse.

Malgré cette expérience inattendue dite «homosexuelle», je ne me sens pas l'âme d'une homosexuelle.

Je ne ressens pas une attirance particulière pour les femmes.

Pour moi, « aimer », c'est un sentiment « asexué » si j'ose m'exprimer ainsi.

On n'aime pas une femme ou un homme. On aime un ÊTRE d'exception, cher à notre cœur.

On aime les yeux d'une personne. On aime l'esprit brillant d'une personne. On aime l'intelligence d'une personne. On aime le sourire d'une personne. On aime la tendresse d'une personne. On aime la peau d'une personne. On aime les fesses rebondies d'une personne. On aime la voix d'une personne. On aime la beauté intérieure d'une personne.

Comme tu peux voir, la plupart des caractéristiques que je viens d'énumérer, sont « unisexes ».

Un peu tiré par les cheveux, mais c'est ce que je crois.

Ne pense pas que je tente de me dédouaner pour avoir vécu cette expérience, qui en réalité, n'en est pas une pour moi au sens littéral du terme. Ma liaison avec cette femme ne peut être assimilée à une expérience dans la mesure où, elle ne constitue pas l'aboutissement de longues tentatives de ma part pour vivre cette vie « hors norme ».

Ce qui m'est arrivé, contredit l'affirmation selon laquelle :

« L'expérience est une échelle au sommet de laquelle on n'arrive qu'en passant par tous les échelons. » (4)

Ma raison a eu besoin de cette expérience, et cela ne m'a coûté ni effort, ni déception, ni douleur.

Cet événement dans ma vie, qui n'est ni une parenthèse, ni un accident n'a pas suscité en moi une envie irrépressible de recommencer.

Cela s'est passé, il n'y a rien d'autre à expliquer.

Voila très brièvement, ce que je voulais te dire sur moi, pour que tu me connaisses un peu plus et te permettre de savoir où tu mets les pieds, si tu décides de franchir le pas avec moi pour faire un bout de chemin toi et moi ensemble.

Fausse sortie !!!!

Je n'ai pas tout à fait fini.

Il reste un point dont je voudrais te parler en toute humilité et en toute simplicité.

Dans une relation amoureuse, tout ne passe pas nécessairement par les mots. (je ne t'apprends rien de nouveau).

Le sexe peut aider. Tu le sais également. Je le répète, je ne t'apprends rien.

« Parler d'amour, c'est faire l'amour » (5)

OK, mais je ne veux plus seulement rêver d'amour, j'ai encore envie de faire l'amour, principalement avec l'homme que j'aime.

J'en ai assez des coups d'un soir, vite

faits, à la sauvette pour satisfaire mère « Nature » qui, en ce qui me concerne, est toujours en constante demande.

Je veux faire l'amour et aimer en même temps.

Je voudrais que l'on puisse lire cet amour sur mon visage, sur mes lèvres, pendant que je serais fermement en mains et lui, avec talent, ardeur et application, serait en train de m'entreprendre à me faire perdre la tête.

Je ne veux plus dire : « Au revoir » après avoir fait l'amour.

Je veux donner et recevoir davantage en m'endormant dans des bras familiers, accueillants et protecteurs.

Je ne veux pas lier mon existence *(le temps qui me reste à vivre sur cette terre)* à courir après une hypothétique satisfaction sexuelle qui, à coup sûr, passera par la satisfaction de mon esprit. Mon esprit est trop occupé pour perdre du temps à se mobiliser pour ce genre de motif.

Je voudrais être contente de mon sort auprès de l'homme que j'aurai choisi d'aimer de toutes mes forces et de toute mon âme.

Ce merveilleux contentement ajoutera la satisfaction de mes désirs de posséder et d'être possédée en retour.

Je me suis souvent refusée des joies simples de la vie lors de ma quête incessante de mon idéal masculin.

Je pense qu'il est l'heure, pour moi, à présent, de rattraper le temps perdu, et obtenir des satisfactions telles que je les souhaite : belles, complètes, à la hauteur de mes espérances les plus secrètes.

Toute ma vie, je me suis contentée de suivre le mouvement, en me mettant au diapason de mes hormones en folie.

Il est enfin l'heure pour moi d'être celle que je suis en réalité : la femme aux mille et un désirs de sexe.

Toute ma vie, j'ai éprouvé de la satisfaction que je n'ai jamais désirée. Tout m'était offert.

Mes différents maris, mes amants, tous m'ont donné (à des degrés divers) de la satisfaction, sans que je sois réellement contente de mon sort.

Un peu comme si cela m'était dû de se mettre en quatre pour moi, sans prendre en compte mes propres désirs.

C'est magnifique, un homme qui vous envahit de l'intérieur et qui vous chamboule tellement fort par ses assauts répétés.

C'est extrêmement jouissif d'être enserrée dans des bras puissants et de se persuader que rien ne peut venir gâcher ce moment d'exception.

C'est affolant de sentir ce membre érigé et chaud à l'intérieur du corps avec la promesse de vertiges sans équivalent.

D'un autre côté, c'est terriblement perturbant de se sentir au bord de la folie pendant ces moments d'intense communion à deux.

Mais, que font toutes ces personnes de mes propres désirs ?

Que savent-elles de me désirs ?

Je m'interroge : toutes ces personnes, assurément animées des meilleures volontés qui soient à mon égard, étaient-elles à même de se demander ce que je ressens dans mon rapport avec elles ?

C'est à se demander si, dans mon cas particulier, toutes les satisfactions dont j'ai pu bénéficier durant toutes ces années ne sont pas en réalité un leurre ?!

En d'autres termes :

« **Le contentement est l'appoint du bonheur, et le désir en est le déficit.** » (4)

Ai-je connu le bonheur ? Je ne le crois pas.

Des esprits chagrins diront :

« *Hé la vieille, fais pas la pimbêche ! Prends ce que l'on te donne et tais-toi !* »

A toutes ces personnes j'ai envie de dire

clairement ceci :

Toi qui ose me critiquer, sache que, quelle que soit l'épaisseur du voile dont s'affuble la pudeur, la puissance du désir finit toujours par la rendre inexistante.

Tout au long de cette dernière partie de ma très longue lettre que j'ai eu beaucoup de plaisir à t'écrire et que j'ai finalement décidé de t'envoyer, j'ai pas mal parlé de « mes désirs » et de leur importance pour moi.

Jack, laisse-moi te dire ceci :

Chez une femme, le premier de ses désirs, si je peux m'exprimer ainsi, c'est le besoin de se libérer de sa sexualité pour bien la vivre.

Mais, la question est de savoir de quelle sexualité devrait-elle se libérer.

Peut-être se libérer des choix imposés de facto par la condition féminine, qui font de la femme une esclave sexuelle consentante et qui la prive de choisir librement la forme d'esclavage qu'elle aurait souhaitée et qu'elle aurait acceptée sans condition ?

Je n'aime pas trop ce mot « esclave » qui sous-entend une idée de privation de liberté et qui fait penser à une situation d'asservissement.

Je n'aime pas davantage l'idée selon laquelle une personne puisse avoir la liberté de choisir sa forme d'esclavage.

Ce sont des mots qui ne vont pas ensemble.

Cela tient peut-être à une forme de pensée littéraire ou philosophique qui désigne la femme comme un être énigmatique et paradoxal.

Je ne sais pas s'il existe un terme plus approprié pour décrire ce qui se passe à l'intérieur d'un être lorsque, dans certaines conditions précises, de façon inattendue et surprenante, cet être décide de désactiver sa volonté de résister au point de limiter sa faculté de raisonnement au strict minimum.

Une forme d'atavisme chez la femme? Va savoir !

Qu'en penses-tu ?

Jack, ton plaisir sera le mien, bien plus que celui que je ressens en ce moment en t'écrivant cette lettre.

L'égoïsme ne fera pas partie de ce voyage que je te propose.

Mes neurones ne seront pas les seuls maîtres à bord au cours de ce voyage que j'espère magnifique et rempli de promesses.

Mon cœur sera grand ouvert et tu auras la meilleure part.

Je te le promets.

Au fait, le sexe : c'est quoi pour toi ?

La cerise sur le gâteau dans une relation aboutie ?

Deux univers qui se télescopent ?

Le trait d'union entre deux désirs ?

La conjugaison de deux névroses ?

Le cheminement de deux égarements ?

Ou tout simplement l'union de deux espoirs?

Pour moi, c'est tout cela à la fois, et plus

encore.

C'est l'embarquement immédiat pour une destination inconnue. Oui, on sait d'où on part, mais rarement sur quelle planète on se retrouve en fin de parcours.

C'est la perte des repères sensoriels et mémoriels. On n'existe plus. Plus rien n'existe.

C'est l'abandon de soi. Le seul moment où la capitulation est la règle.

C'est le tutoiement des cimes sans le moindre vertige.

C'est l'atterrissage en douceur, sans fausse manœuvre, avec interdiction de bouger jusqu'à l'arrêt complet des moteurs.

C'est le calme après la tempête. Un

moment paisible après un étonnant et puissant bouleversement des sens. Tout devient calme. Tout devient silencieux.

C'est un arrière-goût exquis. Cet arrière-goût si particulier qui ne peut se partager, qui ne peut se décrire, et que l'on ne ressent qu'après cette expérience unique qui consiste à faire don de soi.

C'est le mélange à fois de douceur, de force et de douleur. Douceur de deux corps qui s'apprivoisent, dans un rapport de force calculé, provoquant tour à tour, grimaces, euphorie et sourires béats.

Si mon âge permet encore quelques audaces dans ce domaine si particulier dans la vie d'un couple, mon envie sera celle de t'accueillir dans mon corps à chaque fois que cela te plaira de te rapprocher de moi.

Tu me découvriras sous des aspects

insoupçonnés, mais jamais de nature à te désarçonner.

Dame respectable à la ville et putain la porte fermée, dans le secret de notre chambre, il t'appartiendra de tirer avantage de ces deux facettes de ma personne.

Deux facettes imbriquées : l'une laissant espérer des moments de folie furieuse, suscitant impatience et désirs ardents, l'autre générant frustrations et envies. Les deux faces d'une même médaille.

J'affectionne d'être réveillée au milieu de la nuit par ce genre de surprise qui vous chatouille ou vous grattouille au bas des reins, qui vous inonde de chaleur en vous laissant sans sommeil pendant de longues heures.

Qu'importe les traits tirés du lendemain si la visite-surprise de la nuit a tenu toutes ses promesses.

Alors, le dialogue silencieux qui s'installe au petit matin entre le miroir et la putain concernant les ravages de la nuit écourtée, *(ravages ajoutés aux outrages du temps qui passe)*, ne sera pas de nature à faire prendre la résolution ferme et définitive de rejeter les prochaines offensives nocturnes.

Tu sais ce qui te reste à faire. (sourire)

Je n'ai pas la prétention de te faire revisiter le Kama sutra.

Quoi que !!!!

Avec toi, je ne bouderai pas mon plaisir de me livrer à quelques contorsions bien senties et bien exécutées pour extirper les dernières goûtes d'un plaisir auquel personne ne pense.
Ce plaisir tapi au fond du corps qui

transcende l'acte sexuel à condition que cette volonté de jouir de ces sensations ultimes soit exprimée, acceptée et partagée.

C'est une sensation qui fait, de chaque être humain, un être à part, un être capable de se surpasser dans un ballet ondulatoire générateur de force et d'énergie positive.

J'adore le sexe pour son mystère, pour tout ce qu'il peut entrouvrir comme perspective de découvertes.

Je me compare souvent à quelqu'un qui comprend parfaitement les lois de la physique, mais qui reste fasciné par le spectacle d'un triple 7 qui décolle et qui s'élève dans les airs.

En clair, je comprends ce qu'est l'anatomie.
Je comprends la physiologie humaine et

tous les processus qui en découlent.

Je comprends comment tout cela fonctionne.

Mais je reste néanmoins fascinée par les possibilités à l'infini de l'état de deux corps qui copulent.

Spectacle hallucinant, exprimant à la perfection, un des nombreux mystères de la vie.

De l'extérieur, tout semble bien lisse, bien comme il faut.

Mais qu'en est-il vu de l'intérieur dans cet endroit obscur, dans ce monde où tout se déroule sans y voir, à tâtons, au hasard ?

Quand j'étais plus jeune, je me suis souvent (naïvement ou effrontément, selon) posée la question de savoir comment mes parents s'en sont sortis de toutes ces considérations liées au sexe et à la relation dite sexuelle, tellement tout cela me paraissait terriblement compliqué.

Je suis bête : j'ai été procréée. Visiblement, ils s'en sont bien sortis. N'est-ce pas ? (sourire)

Je suis une personne très tactile. Et toi ?

Les gens ne pensent pas au toucher.

Est-ce par peur de lier ce geste anodin au plaisir ?

Tu ne pourras jamais faire tomber la poudre qui colore les ailes d'un papillon sans toucher les ailes de ce papillon qui te fascine.

Tu ne pourras pas ressentir au fond de ton être, l'amour de la personne que tu aimes sans la toucher.

Cette connexion est nécessaire à chaque instant pour retisser et entretenir ce lien invisible qui unit deux êtres qui s'aiment avec passion.

Pour moi, c'est primordial de vivre au présent cet amour qui nous remplit de joie.

Jack, tant que brûlera ce feu intense que tu as allumé en moi, tu seras toujours le bienvenu mon cher amour.

Jusqu'à présent, ta délicatesse t'a empêché de me demander mon âge.

Merci mon précieux amour.

Sache que, le 18 décembre prochain, je vais avoir 70 ans.

(Rappelle-toi : pas de bouquet de fleurs.)

Plus on vieillit, plus le temps passe vite jusqu'au moment où, les mois filent comme les jours.

Alors n'attends pas trop.

Je t'aime !

Julie. »

Solange : « *Oh mon Dieu !!! Dis-moi maman, c'est rudement surprenant ce que je viens de lire. C'est toi qui as écrit ça ? C'est qui ce Jack ?* »

Julie : « *Toi, tu as encore fouillé dans mes affaires . Tu sais que je n'aime pas ça.* »

Solange : « *C'est qui ce type ?* »

Julie : « *Je ne ne sais pas.* »

Solange : « *Comment tu ne sais pas ?* »

Julie : « *C'est quelqu'un que j'ai connu comme ça. Rien d'important* ».

Solange : « *C'était avant papa ?* »

Julie : « *Non.* »

Solange : « *Explique-moi maman !* »

Julie : « *J'ai pas envie de parler de ça. J'ai pas de compte à te rendre !* »

Solange : « *Tu es gonflée !* »

Julie : « *Sois polie !* »

Solange : « *Je viens de lire des choses qui ne te ressemblent pas ... Pourquoi as-tu écrit ces choses qui ne sont pas vraies ? Pourquoi soixante-dix ans ? Pourquoi ce tissu de mensonges ? C'est qui ce Jack ? Tu as trompé papa ?* »

Julie : « *Pourquoi tu veux savoir ? C'est mon histoire. Tu n'as rien à voir avec ça. Tu crois que j'ai été heureuse auprès de ton père ?* »

Solange : « *Ce n'est pas ce que je te demande. C'est qui ce Jack ? Je le connais ?* »

Julie : « *Non, tu ne le connais pas.* »

Solange : « *Alors ? Dis-moi, qui c'est ce type ?* »

Julie : « *C'est un ami.* »

Solange : « *Depuis quand le connais-tu ? Ne me dis surtout pas que tu l'as rencontré devant une pâtisserie. N'oublie pas que tu es une diabétique.* »

Julie : « *Ce n'est pas parce que je suis diabétique que je ne mange pas un gâteau de temps en temps. Ma chère fille, tu serais étonnée de voir tout ce que je suis capable de faire avec mon diabète !* »

Solange : « *C'est à cause de lui que papa est parti ?* »

Julie : « *Que vas-tu chercher ?* »

Solange : « *Je veux savoir, maman.* »

Julie : « *Concernant ton père, on ne peut pas remettre le génie dans la lampe.* »

Solange : « *Que veux-tu dire ? Tu avais cessé de l'aimer ? Vous ne vous aimiez plus du tout ?* »

Julie : « *Oui, sa présence m'était devenue insupportable … Tu peux comprendre ça ?* »

Solange : « *Non ! Vous aviez tout pour être heureux. Que s'est-il passé ?* »

Julie : « *Demande à ma sœur.* »

Solange : « *Tante Albertine ?* »

Julie : « *Oui, si cette salope est toujours en vie.* »

Solange : « *Qu'est-ce qu'elle a fait ?* »

Julie : « *Si ton père est parti, c'est grâce à elle.* »

Solange : « *Ils étaient amants ?* »

Julie : « *Non !* »
Solange : « *Et alors ?* »

Julie : « *Elle m'a dénoncée.* »

Solange : « *A papa ?* »

Julie : « *Oui !* »

Solange : « *Pourquoi elle a fait ça ? J'ai toujours pensé que vous étiez les meilleures amies du monde ... Je me souviens comment vous étiez très complices toutes les deux ... Qu'est ce que tu as fait de si grave ? On ne pouvait pas voir l'une sans voir l'autre.* »

Julie : « *Je le croyais aussi ! Je pensais qu'elle était mon amie. Mais hélas ... L'être humain est si complexe ...* »

Solange : « *Que s'est-il passé maman ?* »

Julie : « *j'ai eu une aventure et je me suis confiée à elle pour partager mes émotions. Il* *fallait que je parle à quelqu'un. J'étais submergée. C'était la première fois que je trompais ton père. Cela a été un grand bouleversement dans ma vie qui était triste à mourir. Malheureusement, ce n'était pas la bonne personne à qui j'ai parlé. Je le regrette amèrement. … Tu es bien avancée, maintenant que tu connais la vérité ! »*

Solange : « *A-t-elle expliqué pourquoi elle t'a trahie ? »*

Julie : « *Oui. L'homme avec qui j'ai couché était un de ses anciens amants. Je ne le savais pas. Elle n'a pas supporté le fait que lui et moi, nous avions pu tisser des liens au point de coucher ensembles. Elle a vécu cela comme une trahison de ma part. Comment pouvais-je savoir que cet homme a été l'ancien amant de ma sœur ? Je ne le savais pas. Tu peux me croire. Je ne suis pas parfaite mais, je n'irai pas sciemment coucher avec l'ancien amant de ma sœur si j'avais su. »*

Solange : « *Je reste sans voix. »*

Julie : « *Je ne savais pas. Cet homme était l'ancien directeur de l'agence bancaire avec qui j'ai sympathisé peu à peu. Cela ne s'est pas fait tout de suite. A cette époque, ça n'allait pas avec ton père. Cela me rendait terriblement triste. Mon visage reflétait cette tristesse. Il l'a remarqué. Il voulait comprendre ce qui me rendait si triste. Par pudeur, je ne pouvais pas me confier à lui. Mais, il a réussi à me faire parler de ma vie tourmentée et sans amour. Je n'avais pas compris pourquoi il s'intéressait à mon sort.* »

Solange : « *Il savait que tu es la sœur de tante Albertine ?* »

Julie : « *Je ne sais pas. Je ne crois pas. J'étais à mille lieux de savoir qu'il a connu Albertine, intimement. … Peux-tu imaginer l'horreur d'apprendre que ma sœur et moi, avions baisé avec le même type ? Oh mon Dieu !!! Lorsque je repense à tout cela, je perds pieds.* »

Solange : « *Ne pleure pas maman !* »

Julie : « *Tu as voulu savoir, alors écoute jusqu'au bout ... »*

Solange : « *... Non maman arrête !, je ne te demande pas les détails, je t'en prie ! Ne sois pas en colère contre moi.»*

Julie : « *Tu vas avoir les détails ! »*

Solange : « *Je m'en vais ! »*

Julie : « *Tu ne bouges pas !!! Assieds-toi et écoute moi !*
Cet homme a détruit ma vie. A cause de lui, j'ai perdu ma sœur, j'ai perdu mon mari.

Ton père n'était pas le mari parfait, mais c'était un père formidable. C'était un homme responsable qui prenait soin de sa famille. Nous nous sommes aimés follement depuis le temps où je faisais mon stage d'avocate dans son cabinet. C'était un avocat hors pair et très respecté comme tu le sais.

Comment expliquer pourquoi notre amour

s'est étiolé après toutes ces années de bonheur intense ?

Je ne peux me l'expliquer.

Peut-être l'évolution normale d'un sentiment intensément ressenti pendant une période de notre vie, et qui peu à peu, à notre insu, s'est transformé en une sorte de coexistence pacifique, en un confort dans lequel le challenge de séduction n'a plus cours ?

Alors tu peux aisément t'imaginer le laisser-aller généralisé au sein de notre couple, dans lequel, « l'autre » est là sans y être en réalité.

Même si, par définition, lorsque l'on aime quelqu'un, nous nous prédisposons aux joies, à la tristesse, aux chagrins engendrés par les déceptions, il n'en demeure pas moins que inconsciemment et dans le secret de notre cœur, nous espérons que cela va durer toute la vie, du moins, une bonne partie de la vie.

Alors, on se résout à cesser d'aimer la personne qui vous traite comme une personne « ordinaire ». A contre-cœur, mais résolument.

J'ai joui de l'amour de ton père, mais je n'ai pas joui d'avoir été aimée par ton père, principalement parce qu'il m'a laissée au bord du chemin, sans se retourner, sans se soucier de ce que je pouvais ressentir, sans se souvenir de quel être sensible j'étais et combien je l'aimais.

J'ai follement aimé ton père avec l'espoir que nos deux destinées se fondent dans un seul et même avenir.

Il en a été autrement.

Je l'ai regretté amèrement. Je le regrette encore aujourd'hui, au moment où je te parle.

Même si sa présence était devenue insupportable au fil du temps, je peux t'assurer que je n'ai jamais haï ton père. Bien au contraire. J'ai continué à caresser (dans le secret de mon cœur) le rêve que tout redevienne comme avant.

Solange, c'est pas facile de te dire toutes ces choses sur ton père, mais il faut que ça sorte, pour que tu comprennes pourquoi j'ai perdu

(à un moment donné) **ma légendaire joie de vivre.**
Je m'étais mal protégée contre la souffrance.

Cette souffrance contre laquelle je ne pouvais lutter, parce que je ne pouvais pas la définir.

Je souffrais sans que je puisse trouver les ressorts nécessaires pour rebondir et me remettre en selle.

Alors, la tristesse s'est insidieusement installée au fond de mon âme, sans que je puisse trouver la parade à cette situation qui, comme une lame de fond, avait retiré le sable sous mes pieds, rendant mon équilibre psychique aussi précaire que tu peux l'imaginer.

Progressivement, cette tristesse a pris possession de moi de la tête aux pieds, au point de transparaître sur mon visage.

J'avais perdu ma coquetterie légendaire. J'avoue qu'au niveau hygiène, c'était le « minimum vital », le vernis sur mes ongles de pieds, complètement écaillé, collants filés, etc ...   (je n'en suis pas fière).

Alors, Emilio n'a eu aucune difficulté à me cueillir .

Je me demande encore, comment et pourquoi il a jeté son dévolu sur moi. Il a peut-être compris que cette couche de crasse cachait une vraie perle. (J'ai la faiblesse de le croire).

C'est une personne très avenante, très délicate, très cultivée qui curieusement, avait toujours une boîte de macarons sur son bureau, (des macarons parfum café plus précisément).

J'avoue que j'en ai mangé quelques uns et mon diabète ne s'en est pas porté plus mal.

Je n'ai jamais connu quelqu'un d'aussi sensible : je l'ai vu verser une larme un jour, alors que je lui parlais de ma détresse face à ma vie de couple qui partait en lambeaux.

Est-ce peut-être la réminiscence de sa vie de couple passée qui l'a rendu si sensible : sa femme l'ayant quitté pour aller vivre avec une autre femme . Ce qui est l'affront ultime pour un italien.

Il faut dire que ma tristesse était très communicative, mais ton père ne s'en était jamais rendu compte. C'était bien le seul.

Je ne sais pas si Albertine a ressenti la même chose que moi en pénétrant dans sa chambre à coucher (je suppose qu'elle y a été dedans au même titre que moi) : il n'y a pas de lit. Son matelas est posé à même le sol. Surprenant n'est-ce pas ? Qui peut dormir sur un simple matelas de nos jours ? On n' imagine pas un directeur d'agence bancaire dormir sur un simple matelas posé à terre. Il faut de tout pour faire un monde !

Ce qui est intéressant chez lui, c'est sa fantaisie.

Une vraie bouffée d'oxygène.

Il n'avait pas d'endroit de prédilection pour faire l'amour.

« Les animaux ne se cachent pas pour copuler » disait-il.

Alors tout était bon. Partout. N'importe quand. C'était bon, comme les macarons. On en prend un, et on ne peut plus s'arrêter d'en manger. C'est magique ce goût qui reste dans la bouche.

C'était une sensation addictive.

Cela me changeait de l'ambiance austère imposée par ton père, si conventionnel, si ennuyeux.

Bien des fois, je me suis demandée comment il a pu devenir l'être qu'il est devenu. Aucune comparaison possible avec l'être d'exception qu'il a été. Il était capable de me transporter au septième ciel sans aucun effort. Il suffisait que nos yeux se croisent pour déclencher nos désirs réciproques de nous toucher ou de nous rapprocher l'un de l'autre. Comment tout cela a-t-il pu disparaître en si peu de temps ?

Emilio savait m'allumer comme un feu de forêt : brutal, intense, dévastateur, sans jamais me consumer en entier ! Ce qui me permettait de renaître de mes cendres et de revenir à la charge, (je l'avoue un peu flagada mais brave) avec à chaque fois le désir d'en prendre plein mon corps de cet élixir de vie qui était devenu indispensable à ma survie, moi, la femme de Maître Galhac, délaissée, méprisée, mal baisée, moralement maltraitée, obligée de jouer à la pute auprès de cet italien pour me souvenir de la sensation que produit un pénis érigé à l'intérieur de mon corps.

Ma fille, je ne te souhaite pas de connaître ça un jour.

Alors, un jour, lasse de guetter les appels d'Emilio, fatiguée de courir dès qu'il me sifflait et de me laver pendant des heures avant de me présenter devant ton père, honteuse devant mon miroir à mon retour à la maison, j'ai tout raconté à Albertine, une confession à cœur ouvert.

Fatale erreur !

Cette grosse vache, avec les fesses qui dégoulinent de partout, s'est précipitée pour aller tout raconter à ton père.

Imagine le séisme au royaume du tout

puissant Maître Galhac.

Comme tu peux le deviner, Emilio n'est plus directeur d'agence bancaire. Je ne sais pas ce qu'il est devenu.

Quant à Albertine, j'ai su que, elle et Emilio, avaient eu une torride histoire d'amour . Elle me l'a avoué bien plus tard, lorsque elle s'est rendue compte des conséquences de son geste.

Pour elle, ce n'était pas de la trahison. Elle aimait encore Emilio à l'époque où il prenait possession de mon corps à volonté.

Et à ce qu'il semble, elle aussi partageait encore son matelas à l'époque. Il nous baisait toutes les deux au même moment.

Le salaud !!!!!! Quel salaud !!!!

Je voudrais qu'il crève !

Je regrette cette image pitoyable de deux sœurs esseulées, avides de sensations fortes, dansant, à tour de rôle, la danse de la pluie autour du totem italien.

Spectacle pas ordinaire, n'est-ce-pas ?

Comme une vraie conne, j'ai été incapable de voir clair dans son jeu, tellement j'étais en rébellion contre ton père.

Voilà toute l'histoire.

Quant à Jack, tu n'as pas à savoir qui c'est !

Maintenant laisse-moi ! »

FIN

Références

(1) Marie-Jeanne Riccoboni
(2) Simon de Bignicourt
(3) Mirabeau (Lettre à Sophie Ruffei, le 9 mai 1779.)
(4) Jean-Napoléon Vernier
(5) Honoré de Balzac
(6) **Goethe**

Éditeur : BoD-Books on Demand, 12/14 rond point des Champs Élysées, 75008 Paris, France
Impression: BoD-Books on Demand, Norderstedt, Allemagne
ISBN :   9782322114306
Dépôt légal : Octobre, 2016

Les macarons © *Nathanaël AMAH , 2016*